Pas de dragon dans ma maison!

Consignes en cas d'incendie, pour enfants
(et pour dragons aussi!)

Texte de Jean Pendziwol
Illustrations de Martine Gourba
Texte français de Christiane Duchesn

Les éditions Scholastic

La semaine dernière, pour aller prendre l'air,
j'allais avec maman faire un tour à la mer.

En descendant la rue
dans ma voiture rouge,

j'ai tourné un peu sec et frappé un dragon.

J'ai bondi sur mes pieds, tout à fait étonnée.
Il a vu, je le sais, la frayeur dans mes yeux.

Avec un grand sourire, il m'a laissé passer.
Il était si poli que je l'ai invité.

Il avait un ourson et bien d'autres jouets.
Nous avons décidé de passer la journée
à courir sur la plage, à construire des châteaux.
Nous nous sommes amusés toute la matinée.

Maman nous a fait signe.
— Voilà l'heure du dîner, on range et puis on rentre!

Mais c'est bien difficile de laisser un ami.
— Peut-il venir aussi? ai-je demandé.

En fronçant les sourcils, maman a regardé
ce bien trop grand dragon, désespérément grand!

J'ai supplié maman et j'ai promis, gentille :
— Nous allons être sages, sages comme des images.

— Pour cette fois, c'est oui, a répondu maman.
Ton dragon peut venir manger à la maison.

Des carottes et des pommes et du jambon bien rose,
des biscuits encore chauds et de la confiture.

De grands verres de lait froid et un gros cornichon
que nous avons poivré, peut-être un petit peu trop.

Cela m'a chatouillé les narines du nez.

Le museau du dragon s'est mis à tortiller.
Les yeux tout remplis d'eau, il a éternué!

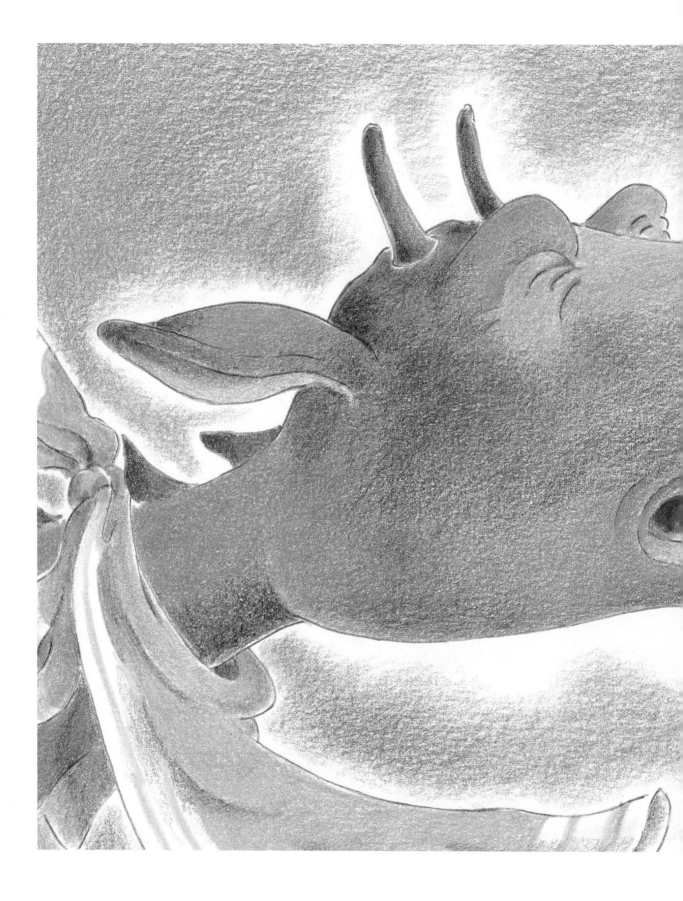

A-A-A-A-Atchou! Terrible éternuement!
Les flammes se sont mises à sortir de partout.
La nappe a pris feu et les rideaux aussi.

L'alarme a retenti, nous cassant les oreilles.
« Sortez, sortez bien vite! » nous disait-elle ainsi.
Moi, je me suis laissé glisser sur le plancher.

La pièce était remplie d'une épaisse fumée.
J'ai rampé pour rejoindre la porte de l'entrée.

Le dragon avait peur et voulait se cacher.
Mais moi, je savais bien qu'il nous fallait sortir.

Je l'ai pris par la queue et, en tirant bien fort,
je l'ai bien obligé à se rendre dehors.

Je rampais en disant :
— Reste avec moi, suis-moi.
On se rejoint sous l'arbre, qui est sur le trottoir.

Maman nous attendait, là-bas, bien à l'abri.

Mais ce fou de dragon a voulu son ourson!

Nous l'avons retenu pour l'empêcher d'entrer.
Je lui ai dit, sévère :
— Écoute bien, dragon, ce que tu dois savoir.

Ne retourne jamais là où il y a le feu.
Un ourson, ça se remplace. Un ami dragon, non.

Comme le feu brûlait toujours très fort dans la maison,
maman s'est servie du téléphone des voisins.

Elle a composé le numéro des urgences
et a dit, d'un ton calme :
— Voici l'adresse complète, envoyez votre équipe.

Aussitôt l'appel fait, les camions sont venus
avec leurs gyrophares et leurs sirènes aiguës.

Dans leurs grandes bottes, bien casqués, bien masqués,
les pompiers se sont vite mis au travail, résolus.

Armés du tuyau, dans la maison, ils sont entrés,
ont arrosé partout pour éteindre les flammes :
la nappe, les rideaux, et tout notre dîner.
Le feu n'a pas duré, il s'est bien vite éteint.

Le chef des pompiers a alors déclaré :
— La fumée a fait beaucoup de dégâts, mais le feu
est bien maîtrisé.

Mon pauvre ami dragon se savait le coupable.
Il a baissé la tête, pleuré d'énormes larmes.

Une femme pompier a alors déclaré :
— Vous avez su quoi faire et nous en sommes fiers.
Vous êtes sains, vous êtes saufs, et c'est cela qui compte.

Elle nous a emmenés voir échelles et camions.

Le dragon a essayé le chapeau d'un pompier.
Moi je voulais voir surtout où s'assoient les pompiers.

Elle nous a tout montré : la sirène, les tuyaux,
les gyrophares et les échelles dans lesquelles il faut grimper
quand le feu est trop haut.

Tous les autres pompiers vérifiaient la maison.
Un gros ventilateur faisait sortir la fumée.

Je me suis alors assise avec mon bon dragon.
Je l'ai pris dans mes bras et puis il m'a souri.

La prochaine fois que nous jouerons ensemble,
je ferai un pique-nique, nous irons à la plage.

Nous sommes de vrais amis, pour toujours, pour de bon.
Mais jamais plus je n'inviterai un dragon dans ma maison!

Comptine du dragon sur la sécurité :

L'alarme retentit? Voici ce qu'il faut faire :
laisse tous tes jouets, on peut en racheter.
Toi, malheureusement, on ne peut pas te remplacer.

Couche-toi sur le plancher, avance sous la fumée
pour pouvoir respirer sans jamais étouffer.

Si tes vêtements prennent feu, surtout ne cours pas.
Roule-toi sur le sol pour étouffer les flammes.

N'ouvre jamais une porte si elle te semble chaude.
Trouve un autre chemin pour rejoindre les autres.

Même si tu as très peur, ne te cache jamais.
Et une fois sorti, reste bien à l'abri.

Maintenant, le dragon sait quoi faire en cas de feu. Et les enfants dont vous vous occupez? La sécurité en cas d'incendie ne doit pas être un sujet apeurant. Ce livre fournit une occasion idéale pour apprendre aux enfants la sécurité en cas d'incendie d'une façon non menaçante. Les enfants saisiront un tas de conseils de sécurité en lisant l'histoire du dragon et de la petite fille. Mais il est aussi important pour les enfants de savoir quoi faire en cas d'urgence chez eux, à l'école ou à la garderie.

Quelques consignes à expliquer aux enfants :

- Quel numéro faut-il appeler en cas d'urgence-incendie? Apprends le numéro par cœur et exerce-toi à donner ton nom, ton adresse et le nom des rues qui forment l'intersection la plus proche de chez toi. Ne téléphone jamais d'une maison ou d'un édifice en feu. Va vite chez un voisin ou dans une cabine téléphonique.

- Observe où sont placés les avertisseurs d'incendie et écoute le son qu'ils produisent. Leurs piles doivent être remplacées deux fois par année.

- Fais un plan des sorties de secours et fixe un point de rendez-vous à l'extérieur de la maison. Cet endroit doit convenir à tout le monde, être sûr et facile à rejoindre. Il peut s'agir d'un arbre dans le jardin, de l'escalier du voisin d'en face ou du lampadaire le plus proche. Lorsque tu passes la nuit ailleurs que chez toi, chez tes grands-parents, par exemple, ou bien à l'hôtel, prends le temps de faire un plan de sortie en cas d'incendie.

- Une fois sorti, on ne doit jamais revenir dans un bâtiment en flammes, ni dans un endroit où retentissent les sonneries d'alarme. Il faut rester à l'extérieur tant que tout n'est pas rentré dans l'ordre, et demeurer au point de rendez-vous pour s'assurer de la sécurité de chacun.

- Simule différentes situations d'incendie. N'apporte pas de jouets avec toi, ne t'arrête pas pour changer de vêtements. Touche aux portes avant de les ouvrir. Si elles sont chaudes, ne les ouvre pas. Trouve une autre manière de sortir, par la fenêtre, par exemple.

- Apprends à enlever les moustiquaires et à déverrouiller les fenêtres, car elles peuvent servir de sortie de secours. N'oublie jamais que la chose la plus importante, c'est de sortir de l'habitation en feu.

- Ne te cache jamais, jamais!

- Si tes vêtements prennent feu, ne cours pas. Apprends l'exercice suivant et pratique-le : étends-toi sur le sol, couvre bien ta figure de tes deux mains et roule-toi sur ton côté gauche puis sur ton côté droit pour étouffer les flammes.

- Fais des exercices de feu. Ce n'est pas nécessaire de les faire sans avertissement. L'important, c'est de bien apprendre ce qu'il faut faire en cas d'incendie.

- Ne joue jamais avec des allumettes — ce ne sont pas des jouets. Apprends à reconnaître les objets dangereux à la maison comme à l'école : les poêles, les cuisinières, les fers à friser, les cafetières, les radiateurs électriques et les foyers. Ne touche pas à ces objets.

- Organise une visite à la caserne de pompiers la plus proche de chez toi, ou demande à un pompier de venir rencontrer la classe pour expliquer les consignes en cas d'incendie. N'oublie pas que les pompiers sont de «bons» étrangers même s'ils peuvent faire peur lorsqu'ils ont revêtu leur uniforme de travail.

- Apprends bien la comptine du dragon pour rester sain et sauf!

Pour Erin — J.P.

Pour Eugenie. Merci de ton soutien! — M.G.

Nos remerciements à Brian Berringer,
Capitaine au Service d'incendie de la ville de Thunder Bay.

Données de catalogage avant publication (Canada)

Pendziwol, Jean
  [No dragons for tea. Français]
  Pas de dragon dans ma maison!

Traduction de : No dragons for tea.
ISBN 0-439-00449-7

1. Incendies - Prévention - Romans, nouvelles etc. pour la jeunesse.
I. Gourbault, Martine. II. Duchesne, Christiane, 1949-   . III. Titre.
IV. Titre : No dragons for tea. Français.

PS8581.E55312N6214 1998   jC813'.54   C98-932502-4
PZ23.P45Pa 1998

Édition publiée par Les éditions Scholastic, 175, Hillmount Road,
Markham (Ontario) L6C 1Z7, avec la permission de Kids Can Press Ltd.

Les illustrations de ce livre ont été réalisées à l'aide de crayons Prismacolor.

On a utilisé la police de caractères Berkeley pour le texte.

6 5 4 3 2   Imprimé en Chine   04 05 06 07